# Timeless Memories

# Timeless Memories


발행일 2025년 1월 24일

지은이 권하예
펴낸이 손형국
펴낸곳 (주)북랩
편집인 선일영 편집 김현아, 배진용, 김다빈, 김부경
디자인 이현수, 김민하, 임진형, 안유경 제작 박기성, 구성우, 이창영, 배상진
마케팅 김회란, 박진관
출판등록 2004. 12. 1(제2012-000051호)
주소 서울특별시 금천구 가산디지털 1로 168, 우림라이온스밸리 B동 B111호, B113~115호
홈페이지 www.book.co.kr
전화번호 (02)2026-5777 팩스 (02)3159-9637

ISBN 979-11-7224-489-7 03810 (종이책) 979-11-7224-490-3 05810 (전자책)

기억의 파편, 시간의 흐름 속에서 만나는 영원의 순간들

# Timeless Memories

권하에 시집

목차

# 공간의 기억

## 시간의 기억

## 뒤틀린 시공간에서

# 공간의
# 기억

# Ireland

나는
사람이 햇살과 바람과 약간의 의지로 구성된 것을 이제 알았다.

눈이 시리도록 푸른 바다와 지평선까지도 삼킬 듯한 녹색의 초원.
그러나 살갗을 스쳐 가는 바람이 없다면 그것들은 정물화가 될 것이다.

인간의 상념 속에서 외롭다는 것과 힘들다는 것을 빼면
도대체 무엇이 남을 것인가?

저 바람 속에서 내 혼과 육신을 남기고

나는 유유히 사라져

새로운 꿈을 꾸는 새가 되리.

## Dubliner

Dublin 사람들.

Irish Pub에 둘러앉아 언어를 뱉어 놓는다.

우리는 무언가 말을 하지 않으면 소외된다.

풍경을

바람을

빛을

그리고 내 삶을.

소중한 것은

바로 내 주위에 있는 것들인 것을

너무나 오랜 시간이 지나서 알았다.

Guinness 흑맥주의 거품 속에서
나는 우주 탄생의 순간 거품을 본다.

신이
단 하나의 아름다운 섬을 만들었다면
Ireland라는 섬이 아닐까?

침묵의 소리
바람의 소리
그리고
내 내면의 깊은 울림의 소리.

# Tiberias의 예수

갈릴리 호수 위를 걸었다.
풍랑도 세차게 불고
돛단배는 위태하다.

그들은 무서워 떨고 있다.
저 심연 속으로 떨어져
사탄이 유다의 광야에서
오랫동안 흩어 놓지는 않을까? 하는
두려움이 가득하다.

내 고향 나사렛은
하루 반나절 거리다.

나는 갈릴리에서
사람을 낚는 어부를 여럿 불렀다.

그들은 이제 저 파도 속에서 심연의 호수 바닥에서
그들의 생을 마감하리라.

그리고
우리는 다시 만난다.

# 유다 광야

차라리 모래만 있는 사막이 낫다.
태양은 너무 뜨겁다.
조그만 풀 한 포기가 생명을 붙잡고 거칠게 숨을 쉬고 있다.

어디에 그늘을 의지해야 할까?
내 속에 있는 모든 것을 버릴 때
다시 얻을 수 있다고 말한다.

너는 정말 버릴 수 있나?
너의 영혼과 지난날 시간과 목숨까지.

바람이 필요하다.

저 태양을 하늘에서 끌어 내려

저 사해 속으로 던지고 싶다.

# 나사렛 예수

나사렛에서 무슨 선한 것이 나겠느냐?

예루살렘으로 올라갈 때 그들은 환호했다.
종려나무 잎을 깔고 마치 구세주가 온 것처럼
미친 듯이 울부짖었다.

이제 내 이마에는
가시 면류관이 내 영광의 빛을 말한다.

유다의 왕
나사렛 예수
내가 나무 위에서 서 있는 내 권좌의 타이틀.

피가 흘러내린다.

고통도 그 극한을 넘어서면

더는 고통스럽지 않다.

아버지는 나를 버린 것일까?

나는 안다.

다시 모든 생명의 무리가

저 올리브 산을 거쳐

이 골고다 언덕 위로 다시 올 것을.

어찌 나를 버리시나이까?

# 예루살렘의 길

모두들 그곳을 성스러운 곳이라 했다.

새벽에 앉아
올리브 산을 바라보면

태양은 저 동쪽에서 솟아오른다.

사람들은 오래전부터
이 길을 걸어
눈물로 참회했다.

하루하루 살아가는 길이 힘들고 지칠 때
이 길을 걸으리

그리고

태양이 다시 지는 서쪽 하늘을 바라보며
다시 뜰 해를 그리워하며

다가오는
어둠을 맞이하리

하루가 가고
일 년이 가고
우주의 시간만큼 돌아

다시 네가 내게 오는 시간까지

이 길에서
너를 기다리리

# Masada

하늘을 올려 보고
저 멀리 사해를 내려본다.

외로운 까마귀 몇 마리가
척박한 땅을 돌고 있다.

이 세상 모든 것들에 대한 저항
가치에 대한 저항
이방인에 대한 저항

길은 오직 외길
천길 낭떠러지에서
저항의 세월을 지운다.

풀 한 포기 나지 않을 것 같은
광야의 땅에서

사해에서 불어오는

소금기 있는 짠 바람 속에서

하늘을 우러러

나의 소망대로 살기를 바랄 때

Masada는

다시 한번 내 가슴속에서

피어난다.

치열하고 절절한 삶의 흔적들이

내 속에서 다시 한번 치고받을 때

저 까마귀 같은 새로 태어나

하늘 위에서 시간과 이 공간을 추억하리

# 지중해의 아침

땅속의 바다.

햇살은 눈 부시다.

바람도 살살 불어

더없이 좋은 시간이다.

사람들은 해변을 뛰어간다.

그들도 나처럼 무언가 갈 길을 잃은 것일까?

카페에 앉아

커피를 마신다.

씁쓸한 맛으로

내 목을 적신다.

가슴은 탄다.

그리고

저 인과의 네트워크 속에서

햇살과 파도와 사람들은 하나가 된다.

# Amsterdam의 운하 물길

물은 이어져 사람들을 연결한다.

그들은 물가에 집을 짓고

물에 의지해 산다.

이제 그 물길은

사람들이 모이는 곳으로 바뀌었다.

난 작은 배를 타고

그들 속으로 들어간다.

천천히 사람들이 늘어서 있고

물가에서 차를 마시고 술을 마시고

무엇인가 이야기한다.

사실

그들은 말하지 않으면 죽는 병에 걸렸다.

어서

나도 그들 속에서 다시 이어가는

하나의 연결선이 되고 싶다.

# 침묵

아무도 말하지 않는다.

그저 죽은 듯이 걸어 다닌다.

이 긴 시간이 지나면

어떤 세상이 올까?

나는 내가 맞는 이 시간이

내가 걸어야 할 길이라는 것을 너무 어려서 알았다.

시간이라는 축을 내가 움직일 수 있다는 것을

Einstein이 진즉 알려주었다.

그러나

나는 빛만큼 빨리 뛰어갈 수가 없다.

같은 시간과 공간을 공유하고
끈적거리는 이 시공간을 빠져나갈 수가 없다.

모두 말하지 않는다.
죽은 인간들처럼 자기 일만 할 뿐이다.

신은 존재하는가?

- Anne Frank의 집에서 -

# 까마귀 나는 밀밭

정신착란의 색은 노란색인가?

빵의 원료가 되는 밀을 생산하는 밭.
농부는 없다.

태양보다 더 강렬한 노란 물결
하나의 길이 영원으로 이어져 있다.

이제 까마귀들은 그 위를 영혼이 없는 새처럼
하늘을 휘젓고 다닌다.

날은 저문다.
이제 어디로 가야 하나?

내게 먹을 것을 다오.

영원히 배고프지 않을

생명의 빵을.

까마귀

너의 까만 색을 탈색시켜

더 높은 하늘의 오름으로 가야 할 길을 밝히리.

- 암스테르담 Van Goch 미술관에서 -

# 한 사나이

아무도 알아주지 않은 길을 간 남자.
빛을 분해해 캔버스에 뿌린다.

스스로 묻는다.
나는 어디서 와서 어디로 가는가?

붓을 들어
나를 그린다.

어떤 모습이든
너를 보는 것은 고통이다.

왜 태어나
이렇게 그리고 있나?
언젠가 소멸할 것들을.

너희는 흙으로 빚어진 것들이니

다시 흙으로 돌아가리라.

바람을 그리고 싶은데

저 태양의 세밀한 빛을 그리고 싶은데

너는 어디서 와서

어디로 가는가?

- Van Goch를 기리며 -

# 기억

파편화된 기억은 저 하늘을 떠돈다.
유년의 모습은 어디서 헤매는가?

꽃의 빛
햇살의 색깔
그리고 바람 소리

하늘의 새는 날고
나무는 하늘을 향해 뻗어간다.

숲은 고즈넉하고
기억은 잘게 쪼개져
제자리를 찾지 못한다.

떠나간 수많은 사람

그리고

나 스스로 떠나보낸 그 사람들

그리워하는 것은

모두 어디서 와서 어디로 가는 것인가?

오늘 밤은

39257841335번째 기억의 파편과 싸움을 해 볼까?

# 내 몫

이 세상에 태어나
이 공간과 시간을 부여받았다.

내 주위에 있는 사람들도
나의 부여받은 자산이다.

그리고
시간을 거슬러
책 속에 있는 수많은 사람과
번뜩거리는 지식

그들도 나에게 말한다.

인간의 길
걸어야 할 남아 있는 길

우리는 어디서 와서

어디로 가는가?

Paul Gauguin은 다시 묻는다.

우리는 어디서 왔는가? 우리는 무엇인가? 우리는 어디로 가는가?

# Cafe Lianli[1]

넓은 유리창 밖으로 산이 우뚝 서 있다.

그 산은 침묵의 산.

바람이 흐르는 산.

별들이 휘돌아 가는 산이다.

그리고

고즈넉한 생각은 늘 여기에 머문다.

나와 당신의 불안이

여기서 머물며 잠시 쉬어간다.

아무것도 하지 말고
잠깐 생각하다가

내 생각이 우주를 되돌아 나오다가
다시 내게 온다.

진한 아메리카노 커피 향은
항상 저 산 위에서 구름처럼 퍼진다.

당신은 지금 어디에서 무얼 하고 있는가?

---

1 계룡산 동학사 입구에 있는 Cafe

## Weihai Point

쉼을 말하려면 Weihai Point로 가자.
온 세상의 모든 고통을 편히 쉬게 할 땅과 바다.

저 빛은 어디서 시작해서
어디로 가는 것인가?

당신은 저 바다에서 나오고
난 다시 저 바다로 들어간다.

땅이란 내가 발을 붙이고
대지를 서 있을 곳.

바람은 내 얼굴을 때린다.
가끔씩은 빗방울도 내린다.

그러나

저 태양의 빛이 사라질 때
내가 당신을 생각하는
그 순간도 사라질 것을

그런 날이 올까?

## Cafe GusBread$^2$

이 작은 공간이
나와 당신이 함께 있는 곳인데

어떻게 할까

어떻게 나를 설명해야 하나?

시간은 무엇인가?
빛은 무엇인가?
그리고 당신과 나의 관계는 무엇인가?

저 시간을 거슬러 올라
유년의 기억 속에서
내가 너를 안고
네가 나를 안고 가는

그 아름다운 것만
기억하고

버릴 수 있는 것은 버리고
내 살과 피가 되는 빵으로
너희는 영원히 살리라.

2 충남 계룡시에 있는 Cafe

# 충청남도 계룡시

빛이 몰려와 대지를 뿌린다.

나무와 숲은 조용히 거리를 연결한다.

그리고

내 생각의 길은

영원히 다른 길과 이어져 있다.

땅의 기운이

하늘의 기운이

모두 한곳에 모여

사람들을 연결한다.

가로수 길은

뇌의 지도와 닮아있다.

낮고 높은 산들

그리고

당신과 나의 살과 피가 익어간 곳

우리는

모두 하나를 원한다.

하늘의 빛은 회돌아 몰아쳐

내게 네게 다시 돌아온다.

내가 별의 자식이라는 사실

난 이미 여기서 알았다.

그리고

조용히 아무 말 없이 걸어간다.

영원의 긴을

# 파리 북쪽 시골 마을

숲이란 이런 것이다.
길은 숲을 갈라쳐 뻗어 있다.

온갖 정령들이 살고 있는 숲
나무와 풀과 새들과 짐승들이 어울려져
그들의 세계를 만들고 있다.

한 발 디디기도 어렵다.
내 가슴 속 두려움이 먼저 도망간다.

빛도 들어가지 않을 것 같은 숲
그리고 너무나 길고 넓게 펼쳐진 광활한 숲

길을 또 잃고 싶진 않다.

다시 숲에서 나와

내 머릿속에서 기억하고 있는

당신을 찾아

서늘한 이 기운을 뒤로하고

멀리멀리 가고 싶다.

# 제주도

제주도는 섬이다.

이 섬으로 늘 도망와서 햇살과 바람을 받고 간다.

나지막한 언덕과 구릉과 산들 사이로

바다가 보이고

내 비겁했던 지난 날과 치기 어린 시간을

제주의 바다는 위로한다.

너를 보내고 난 후

난 몰래 이 섬으로 들어와

더 작은 섬으로 나를 떠나 보내고

검푸른 파도 속에서

너를 다시 한번 더 추억한다.

뜨거운 태양이 잠시 식어
차가운 겨울 바다에 비추면

나는 너를 찾아 다시 떠난다.
멀리멀리 돌아오지 못할 곳으로
너를 다시 밀어 보내면서도.

# 북한강

난 길을 잃었다.
목적지도 잃어버렸다.

어디서 시작해서 어디로 가는지
무엇이 잘못되었는지 모른다.

20여 년 전 북한강의 빛나던 강 빛을 잃어버렸다.
강 따라 서 있던 고요한 숲속의 나무

바람이 그 숲을 스쳐 지나가던 곳

난 너를 잊어버렸다.
아니 잃어버렸다.

어디서 다시 만날까?

그리고

우린 저 시공간의 휘어진 곳에서

다시 태어나

새로운 관계의 네트워크 속에서

다시 만나리.

# 인간의 길 2

하늘을 나는 새와
물속에서 헤엄치는 물고기들은

각자의 목적에 따라 하늘과 물속을 떠돈다.

그들은
왜 새가 되었고 물고기가 되었는지 모른다.

나도

내가 왜 인간이 되었는지 모른다.

다만

이 시간의 흐름 속에서

내 몸을 유영시키고 있을 뿐

## Key West

바닷속에서 길을 연다.

뱀처럼 길게 길게

섬들을 연결하여 쿠바로 나는 간다.

대서양과 멕시코만을 나누고

중남미의 건장한 사내들과

헤밍웨이를 이야기한다.

인간은 결코 지지 않는다는 신념이

너로 하여금

이 모든 시련과 고난을 견디게 할 것인가?

따뜻한 햇살과

끈적끈적한 바람은

이제

모두를 놓아 버린

거대한 청새치처럼

아쉬움으로 남는다.

# 시간의
기억

# 유년의 기억 1

좁은 골목길을 따라
겨울의 햇살이 들어온다.

툇마루에 앉아
그 햇살을 반기는 나는
이제 그 햇살을 잊은 지 오래되었다.

별빛은
좁은 정원 위로 내려오고

하루의 벽돌을 하나둘 쌓던
내 부모도 이젠 없다.

난

하루하루 밥을 해 내어오던

늙은 어머니를 이제 이해한다.

마당에서 항상 나를 반기던

강아지는 벌써 떠난 지 오래되었다.

그리고

그 좁은 한옥은

허물어져 간다.

내 마음속에서

# 유년의 기억 2

미루나무였던가?

교정 한구석에 널따란 숲이 있었는데.

그림을 그리고

눈빛을 주고받고

겨울의 이야기를 하던 곳이

그때 이야기들은

허공으로 흩어져 모두 사라진 지 오래되었다.

어떤 시간의 지문도 가지지 못했다.

뇌 속의 어떤 피질도 그 정보를 보존하지 못했다.

그러나

아주 아주 깊숙이 내 머릿속에

너는 남아 있을지 모른다.

그러나

당신은 아는가?

내가 얼마나 당신을 좋아했는지.

## 유년의 기억 3

새벽에 눈을 떠보면
아버지는 혼자 우두커니 앉아 있었다.

방안의 추운 기운을 이기려
이불을 어깨에 두르고

어둠 속에서 무엇을 생각하는지
그냥 아무 말 없이 앉아 있었다.

난

왜 그렇게 앉아 있는지
물어보지 못했다.

이제 아버지가 가고 난 이후
수십 년이 흐른 지금

내가 새벽에 잠을 깨어
혼자 우두커니 앉아
무엇을 생각하고 있다.

그 공간을 이해하고
그 생각을 이해하려고 무심히 앉아 있다.

# 삶

어릴 적

조그만 동네 이발소에는

낡은 액자 누렇게 뜬 종이에 Pushkin의 시가 적혀 있었다.

'삶이 그대를 속일지라도 슬퍼하거나 노하지 말라.'

그러나

매일 매일

삶이

나를 속이고

저 깊은 산속에 혼자 두게 하는데

어떻게 슬퍼하거나 노하지 않을 수가 있나?

내가 성자가 아닌 바에

약간의 슬픔과

노함이 더해서

나의 몸을 이루고

내 정신을 연결하는 것

그대는

나를 속이지 마라

바람이 속이는 것만 해도 충분하다.

# 생과 사

모든 생명이 태어남은 자신의 의도가 아닌 듯하다.

그리고

사멸할 땐 무슨 생각이 들까?

세상에 나와

바람과 별빛과 숲의 향기를 내 소유로 하고

흔적 없이 살고 싶었지만

이리저리 치이다가

조금 더 잘해보려고 발버둥 치다가

결국은

겸손한 자리에 머문다.

내가 뱉은 말

내가 이리저리 떠돌다 사라진 모든 행동이

다시
이 아름다운 세상을 어지럽지는 않을까 하는 두려움

고깃집 불판에 놓인 살아있는 전복이며
횟집 수조에 있는 저 물고기들이
한때는 누구의 부모였으며 귀여운 자식이었으며 친구였을
아이들인데

이제 죽음을 기다리며
무슨 생각을 하고 있을까?

그들과 나는 무슨 차이가 있나 하고 늘 스스로 물어본다.

# 마음이 아픈 사람들

그는 날 이해한다고 했다.
유년 시절 내가 붉은 벽돌의 정신병원을 보며
저 사람들의 아픔을 이해한다고 했을 때

그는 진지한 모습으로
날 이해한다고 했다.

이제 그는 없다.
날 가장 가슴으로 이해해 주던 사람

그리고
언제나 멀리서 나를 바라봐 주던 사람

그리고
이제 난 이해한다.

그가 그동안 얼마나 나를 이해하려

힘든 시간을 보냈는지.

# 검푸른 여름날의 하늘

하늘은 곧 엄청난 비를 쏟아 내릴 듯
검고 푸른 구름이

엄청난 대양의 바다 한가운데 있는 것 같아

멀리 있는 산들도 모두 검푸른 색으로 변하고
비를 피하기 위해 사람들의 발걸음도 빨라졌다.

이제 곧
천둥이 치고 굵은 빗줄기가 하나둘 쏟아지다가
우리네 사는 모습처럼

세상의 모든 것을 씻어 버리고
가슴에 있던 모든 죄의식과 미안함을
가져가기를 바라본다.

그리고

모든 것이 너를 위해 있는 것이라면

나도

저 하늘처럼 깊고 푸른 심연으로 올라가고 싶은 것

# 영원

시간이라는 게 있기는 한 것인가?
누구는 흐른다고 이야기하고
누구는 되돌아갈 수 없다고 말한다.

그러나

내 뇌 속에서 느끼는 이 시간이란 괴물이
언제나 나를 짓누르고
무엇으로 나를 구성하는지
어떻게 살아야 하는지
늘 궁금한 아이처럼 물어온다.

그대는
항상 그대로야!

아! 나는 그냥 시간 없는 세상에서

그냥 머물다 가고 싶어

# 아름다운 당신

당신을 보면 내 마음은 항상 편안하다.

그리고

당신을 보면 항상 미안하다.

푸른 언덕 너머 우리의 숲이 침묵하는 시간

우린 어디서 무슨 생각을 하고 살고 있는 것인가?

저 강물이

저 바다가

저 하늘이

모두 당신의 눈 속에 있는 거대한 상념의 일부인 것을

시간은 천천히 흐른다.

아니 시간은 그냥 흐르지 않는지도 모른다.

그냥 그 시간이라는 것이
우리의 뇌 속에서 흐르는 신경의 한 느낌인지도.

봄이 오고 뜨거운 여름이 오고
겨울을 준비하는 가을이 성큼 오고
그리고

모든 것이 차가운 겨울이 온다.
무한의 뜨거움에서 차갑게 식어버린 우주처럼.

# 9월의 노래

이제 가을입니다.

작렬하던 태양도 한풀 꺾이고

이제 바람도 약간은 식어 거슬리지 않는 시간

숲속의 새들도 지쳐 날던 여름날의 하늘

그 하늘 밑으로

약간은 서늘한 바람이 불고

그 하늘 위로는

하얗고 하얀 구름이 피어 있어

아!

그렇게도 힘들었던 지난 시간은

또 그렇게 지나가고

새로운 계절을 맞아
새로운 마음으로 맞으려 하나

그것이 늘 그렇듯이
새로운 것이 아니라
연결된 선 위에 존재하는 것을

당신은 어디에 있습니까?

# 뒤틀린
# 시공간에서

# 바다

검푸른 파도가 저 기억 저편에서 넘어온다.
내 키의 수십 배가 되는 아련한 잔상이 동행한다.

모든 것이 뒤틀리고 휘감겨져
도대체 몇 차원인지 알 수가 없다.

때로는 장밋빛으로
때론 검푸른 빛으로
때론 개나리 같은 화사한 빛으로
나를 때린다.

그 모든 기억은
파편화되고 사라져
이제 다시 조각모음을 할 수가 없다.

어떤 감정은 어디서 시작해서 어디로 가는지
강물처럼 조용히 사라진다.

갑자기 유년의 기억이 중년의 모습을 하고 나타나
비겁했던 나를 비난한다.

아! 그때는 그 나름대로의 최선이었는데
그대는 날 또 손가락질하는가?

십자가 위에서 겪던 고통은 순간이었나?

# 가을날

태양이 식어가나?
작렬했던 빛은 이제 아스라이 멀어져 가고

산기슭 저 너머에서는
찬 기운이 스멀스멀 넘어온다.

작은 텃밭에서는
배추, 무, 울금, 백년초들이 겨울맞이를 준비한다.

땅도 식고
가로수의 낙엽들은 이리저리 뒹굴고

사람들은 이제 긴 옷깃을 저미고
총총 집으로 돌아간다.

산허리 저기에서
잃어버렸던 기억이 길을 헤매고
지중해의 뜨겁던 여름을 추억하고 있다.

어둠이 해를 먹고
나를 벽으로 몰아넣고
나의 비겁함을 고백하라고 강요한다.

내가 사랑하는 그대는 지금 어디 있나?

# 숲

새들은 소리치며 날아간다.

깊은 숲속으로 그들의 집으로

쉬지 않고 날아야 하는 힘든 날갯짓

한순간도 쉴 수가 없다.

빽빽이 우거진 나무들과

그 사이로 보이는 하늘

때론

비바람이 불어 내 집이 흔들리고

나무마저 흔들려

내 영혼이 어디에서 와서 어디로 가는지
나도 모를 때

너는 나를 새라고 생각해도
나는 너를 인간이라 부르지 못한다.

하늘이 맑을 땐 그대로
흐리고 비가 올 때는 내 깃털도 축축한 그대로

# 가을 저녁 풍경

약간은 어스름한 어둠
이제 저 멀리서 낮게 밀려온다.

깊은 한숨을 내 쉬며 점령군처럼
내 가슴 깊은 곳 몰아쳐
기억과 회상을 요구한다.

이제는 어느 것 하나 가지고 있지는 않은데
더 줄 것도 없는데

옅은 어둠은 이제 더 짙어가고
멀리서 가늘게 개 짖는 소리

침묵의 순간과
힘없는 배추 줄기와 백년초 줄기

그리고

한없는 평화가 밀려온다.

인간들이 섞여 사는 세상

그 정글을 떠나

짙은 어둠이 내려오면

모든 인과의 관계를 끊고

조용히 명상하는 부처를 흉내 내고 싶네.

## 고해(苦海)

삶이 곧 고통의 바다라 부처가 말했다.
그는 그 커다란 바다를 건너 불멸의 존재로 남았다.

그는
모든 파도와 몰아치는 비바람 속에서도
조용히 숨 쉬며 하늘을 보았다.

나는
나비의 날갯짓에도 흔들린다.

온갖 시름과 번뇌가 몰아친다.
천둥과 번개가 치고
이 폭풍의 밤바다를 어떻게 건너야 하는
두려움 속에서 떨고 있다.

저 심연의 어둠 속으로

내 몸을 던져

영원한 망각의 세계로 들어가고 싶어 한다.

부처여

나에게 와서 이 한순간을 모면하는

지혜를 달라.

당신은

어디서 와서 어디로 가버린 존재인가?

# 시간과 공간

시간과 공간은 본질적으로 얽혀있다고 누가 말했다.

그 이전에 모든 사람은

시간과 공간은

분리되어 별도의 차원을 가진다고 믿었다.

이제 내 옆에 있는 이 공간에

시간의 축이 들어와 비집고 앉아

나의 지난 공간을 달라고 강요한다.

너는 어디서 와서

이제 이 공간 속에서 내 영혼을 잡아먹고

모든 차원을 넘어

또 다른 하늘과 바다를 얻겠다고 아우성치는가?

수많은 목숨이

왔다가 사라진 이 시공간에

나의 흔적은 무엇으로 남아

떠돌다

어느 곳, 어느 시점에

다시 흩어져

영원의 모습으로 저 우주 너머, 아득한 시간의 과거나 미래에

다시 태어날 것인가?

# 별

항상 별만 보고 살면 좋겠다고 생각했다.

너무 멀리 있지만

항상 내 가슴 속에 있었던 별

하늘 저 멀리서 초신성이 폭발해서

모든 원소를 시공간에 뿌린다.

그들은 다시 내 몸을 이루는 근본이 되고

내 뇌를 구성하는 물질이 되고

그 물질이 다시 나를 생각하게 하고

내 생각이 다시 나를 잡아먹는

무서운 순환 속에서 나는 잠들지 못한다.

차가운 공간

그리고 그곳은 이미 내 영역이 아닐지도 모른다.

오래전 떠나버린 아버지와 어머니가 머무는 곳일까?

아니면

내가 다시 돌아가야 할 곳인가?

검은 빛은 어디서 와서 어디로 갈 것인가?

하늘의 별만 보고 살고 싶네.

# 빛

하늘의 빛이 있어 모든 사물이 빛난다.
그리고 그 빛의 반사가 내 눈으로 들어와
내 망막을 통과하여 내 뇌의 피질로 전기적 신호를 보낸다.

순간순간 변화하는 빛이 너무 빨라
나는 그 모든 것을 따라잡기가 너무 힘들다.

어제도 그제도 그리고 아주 먼 옛 시간에도
흘러간 모든 잔상이 남아
계속 나를 찌르고
부끄러운 내 모습만 남아

이제 어둠이 빛을 감싸안고
어디론가 사라져
나를 감추고 너를 감추고 그리고 우리네 모든 시간을 감춰

부끄러움도 없고
너도 없고 나도 없고
모두가 사라진

허허한 공간 속에서 다시
너를 생각해 내는

내가 아닌

공간이 너를 생각해 내는

그런 미래를 꿈꿔 본다.

# 내가 없는 세상

가끔은 내가 없는 세상을 생각해 본다.

그것은 존재하는 세상인가

아니면 내 망상 속에서만 있는 세상인가?

바다도 없고 강도 없고 산도 없고

너도 없고

그리고 모든 세상의 존재도 사라진 그런 세계

어디서

아주 먼 곳에서

자작나무 숲의 바람 소리만 들리네.

그리고

멀리서 아주 멀리서 빛이 휘감아져 들어와

내가 없는 세상을 비추고

나는 그곳을

수줍게 바라보며

한번 웃을 수 있을까?

# 찢어진 시공간

시공간이 찌그러져 나를 압박한다.

나는 그 속에서

숨을 쉴 수가 없다.

내가 인지하는 단 네 개의 차원

그리고 숨어 있는 또 다른 여러 개의 차원.

모두들 왜곡되고

고흐의 별들의 궤적처럼 휘감겨져

내 머리를 뒤틀고

내 뇌에 핀셋을 꼽고

내 기억을 내놓으라 강요한다.

이제 더 이상 숨을 쉬기 힘들다.

## 가을날

빛나는 노란색, 붉은 단풍을 보여다오.

나는 그런 시공간으로 숨어
오직 내 속에서 찢겨진 사유 속에서
오래전 잊힌 너를 다시 기억하고 싶다.

## 망상

내가 마지막으로 보게 될 빛은 무엇일까?

그 빛은 어디에서 출발하여
내 눈에 마지막으로 들어오는 것일까?

수많은 시간, 아니 찰나 같은 시간 동안
인간과 기억의 네트워크 속에서
고해(苦海)의 바다에서 천천히 부유하는 나.

한순간도
쉬운 날이 없었다.

이제
모든 것을 내려놓고

숲과

바람과

흙과

풀 속에서

밤마다 울어대는 짐승과 새 소리를 들으며

처연히 스쳐가는 외로움 속에서

이제 그 속으로 깊이깊이 들어가

모두를 지워버리는

그런 연습을 하고 싶다.

## 생각의 시작과 끝

기억이 파편화되고 형해화되어
이젠 더 이상 너를 알 수가 없다.

가을이 가고
겨울이 오면

긴 어둠의 밤을 맞는다.

눈이 오기를 기다린다.

그리고 그 눈 속에서
너를 다시 만나고 싶다.

얼마나 오랜 세월이 지나
다시 만나는 것일까?

거미줄 같은
이 질긴 인연의 끈을 과감히 끊고

오직
나이고 싶은 나를 만나

영원이라는 틀 속에서
더 깊이깊이 침잠하는 너.

# 파도

파도치는 해안 절벽에 서 있다.

쉬지 않고 파도는 몰려와 바위를 때린다.

그리고 부서진다.

흰 포말은 그의 상처인 것처럼

아픔으로 남는다.

내 설익은 기억도

이제 어느 우주를 넘어

이 바닷속 어딘가에서 헤매는가?

이제 파도를 타고

그 형해화된 기억의 파편들은

이 절벽을 때린다.

나는

여기서

영원히 머무르리라.

너도 잊고

나도 잊고

공간도

시간도

우리의 이야기도 잃어버려

모두가 사라질 때까지.

## Belfast

나는 사랑을 가르쳤다.
이웃을 사랑하고 원수를 사랑하라고.

그들은
나의 이름을 팔아
수많은 이교도를 죽이고
나를 찬양한다.

이교도와 마녀들의 피가 강을 이루어 흐르고
수많은 생명의 원한이 하늘에 사무친다.

내가 흘린 그 피가
이 대지를 흘러
너희 모두를 자유케 하였는데

너희들은

나의 이름을 팔아

증오와

비겁과

무지로

나를 한 번 더 십자가에 못 박는다.

나는 다시 골고다로 가리라.

## 겨울

자작나무 숲에 눈이 내린다.
모든 산하가 하얗게 된다.

무릎까지 빠지는 깊은 눈의 심연
바람도 눈 위에서 잠시 쉬어간다.

나무도
풀도
짐승도
새도

모두 숨죽이고
하늘을 본다.

하늘은

푸르고 푸르러 파란 물이 뚝뚝 떨어질 것 같다.

그래서

외딴 낡은 집 벼락에 다시 눈이 덮여

무엇을 해야 할 줄 모르는

하루를

긴 하루를

보내야 한다.

## 새벽 2

오랜 시간 동안 잠을 자지 못했다.
알지 못할 불안과 불면의 시간이
밤을 지배하고

새벽을 맞이한다.

동이 터길 바라며
어둠을 뚫고 빛이 들어와
내 눈을 찌르길 기다린다.

내 생각 속에서
자기 의견을 잘 드러내지 못했던 아버지와
오직 헌신을 덕목으로 삼았던 늙은 어머니가
나타나 나를 위로한다.

긴 어려운 시기를 그들은 어떻게 견디었을까?

산다는 것 자체가 어려운 일인데
무엇을 바라고 그 많은 아이를 건사했을까?

베렌다에 있는
난초와 다육이는 무슨 생각으로
이 밤과 새벽을 맞이하는지?

모든 것들이
사라지고 소멸해야 하는 필멸의 존재들인데

아!
당신은 허상인가?

# 강가에서

흐른다는 것을 알 수가 없다.

정지된 듯 고요한 강

세월의 강이든

사랑의 강이든

미움의 강이든

아주 조용히

천천히

아무 말없이

바람과 함께

하늘과 함께 간다.

너는 어떤 모습으로

내게 흘러올 것인가?

이미

내 가슴 속 깊이깊이

흘러들어 와 버린

너를 내보내야 한다.

내 눈물 한 방울 더해서.

# 남을 것과 남길 것

나는 소멸한다.

언젠가는.

그리고

그 이후엔

무엇이 남을 것인가?

시간이 흐르고

아직도 내가 가보지 못한

그 공간 속에서

내가 있을지 없을지 모르지만

내 기억은

몇 비트의 용량으로

이 우주를 떠돌아다닐 것인가?

그리고

내가 남긴다고 남는 것이
무슨 의미로
남아 있는 사람들과 생명들과 물질들에게
남겨질 것인가?

그들도 가고 나면
어디서 어떻게 다시 윤회해서
다시 어떤 모습으로 생겨날 것인가?

공즉시색
색즉시공

# 빛

희미하게 아스라이 스며든다.

하얀 미색이랄까? 아니 노란 기운이 더 강하고

오른쪽 위는 더 진하고 왼쪽 아래로 내려오면서 더 옅어지는

그리고

당신은 그 속에서 서서히 아주 서서히 다가온다.

태초에 빛이 있었으니

어둠과 밝음을 나누고

그 속에서

별이 태어나고 죽고

내가 태어나고 살고 죽고

그래서 다시 돌아 돌아

새가 되고

먹이가 되고

풍경이 되고

다시 아스라이 사라지는 빛

아! 그대는 어느 빛 속에서

다시 빛날 것인가?

# 자작나무 숲

한 번도 가보지 못한 자작나무 숲
상상 속에서 본 그 숲은
항상 내가 가슴에 있다.

고요가 있을 것 같고
겨울이면 더 좋을 것 같다.

새 한 마리는 늘 이산 저산을 떠돌고
구름은 산허리에 머무는
자작나무 숲

산 능선이 두 겹 세 겹 여러 겹으로
멀리서 겹쳐 내 눈으로 들어오고

맨허턴 같은 이 인간의 숲에서

온갖 허망한 소망을 따라

허업을 완성하는 나는

자작나무 숲으로 들어가

나머지 생을 마치리

# 그

그가 왔다.

아주 오랜 세월을 돌아

예루살렘으로 돌아왔다.

나사렛에서 태어나

갈릴리 호수에서 사람을 낚는 어부를 몇 명 불러

언덕에서 사랑을 이야기했다.

이제껏 당연하다고 했던 것들을

그는 거부한다.

평화를 주러 온 것이 아니라 검을 주러 왔다고 한다.

거대한 어두운 구름이 예루살렘 하늘을 덮는다.

제사장들과 로마인들은
그의 말과 행동을 듣는다.

그는

십자형 나무를 지고
이사야가 말했던 예언을 이루었다.

그리고

텅 빈 그의 무덤

그 순간부터 인간은 새로운 시간을 맞이한다.

이제 어떻게 해야 하나?

## 겨울 새

가느다란 다리를 물에 넣은 채로
어두운 새벽을 견딘다.

정물화처럼 풍경이 된다.

물안개가 서서히 일어나고
저 산 너머에서 약한 빛이 그를 비추어도

움직이지 않는다.

차가운 기운이
산허리를 감싸고

텅 빈 들에는
적막이 지배해도

그는

명상하는 부처처럼

온 우주의 생각을 다 지고 있는 존재처럼
가만히 가만히 내면 속으로 침잠한다.

# 그 사람

그가 돌아가는 그 뒷모습이
해가 지는 풍경이 되고

그가 머문 그 자리는
아름다운 꽃이 핀다.

향기가 있는 꽃처럼
내 속에 깊이 남아

인간의 모습을 한
신이여

봄, 여름, 가을, 겨울이 순식간에
지나갔을까?

도대체 몇 년이 흘러

그 세월이 흘러

고통의 모든 절정에서

나를 보고 있었나?

이제 나도 저 영원으로 떠나

흐르는 강물처럼

아주아주 영원히

다시는 오지 않으리

# 나는 너, 너는 나인가?

우리가 같이 나눈 잠깐의 시간은
기억의 화석이 되어
시간 속에서 굳어 버렸다.

칼로 잘라 내려고 해도
그 순간의 따뜻함과
가슴에 맺힌 서늘함은
없어지지 않는다.

그리고

당신이 내게서 다시 떠날 거라는
예감이 성취되는 날

이제 저 해원을 향해 나아가는 배처럼

나는 인생의 바다에서

그냥 그냥 나아갈 것을 알았다.

파도가 치고

풍랑이 거칠어

내 배가 침몰해도

나는 너를 잊지 못하리.

## 겨울 산사

산사의 대웅전 기와 위로 바람이 넘어간다.
지는 햇살도 살짝 비추고

공허한 겨울 하늘 위로 한 마리 새 유유히 날아간다.

나목들은 잎을 다 떨어뜨리고
지난 여름을 추억하고

오직

바람과 나뭇가지 부딪치는 소리와
고즈늑한 풍경만이 이리저리 돌아다닌다.

이때

떠난 그대가 다시 돌아와
내 앞에 선다면

봄날의 화사한 꽃처럼
여름의 화려한 잎들처럼
작렬하는 태양처럼

너는 다시 빛날 텐데.

# 소멸 개체

소멸할 것들이 서로 이야기한다.
마치 재미있는 것이 있는 것처럼.

그리고 아주 심각한 이야기를 한다.
그것 아니면 세상이 끝날 것처럼.

그러나

그들이 차지한 공간을 돌려주고
시간도 돌려주고 나면

그들이 이야기는 바람에 실려 사라진다.
그들은 별의 원소로 회귀하고

별들이 태어나고
별들이 죽고

다시 소멸할 것들이 태어나
영원히 잊힌 그 이야기들을 다시 만든다.

그리고

공간도 시간도 부서지고
휘어지고 왜곡되고
모두 다 떨리는 개체로

나무가 되고
풀이 되고
곤충이 되고
짐승이 되고
사람이 되고

끝없는 이야기 속에서
서로 이야기한다.

# 자작나무

수많은 나무 중에

자작나무는 그 피부가 가슴에 와 닿는다.

겨울에 어울리는 나무인가?

눈 덮인 언덕 위에 빽빽한 자작나무 숲이 더 어울린다.

당신도

저 자작나무처럼 많은 상처를 가져

온갖 시련과 고통속에서

아름다움을 내 뿜고 있는가?

나는

저 자작나무 숲에서

세상의 고통을 지고 간 당신을 생각한다.

모두가 가는 길
너도 가고 나도 가고
간 사람은 모르는데

남아 있는 사람들은 추억한다.

그리고

그들마저 사라져
모두가 없어질 때 이야기만 남는 것인가?

# 편두통

이 지랄 같은 편두통은

언제까지 나를 잡고 놓지 않을 것인가?

뇌 속의 작은 부분을 꽉 잡아

어깨에서 시작해 목덜미를 거쳐 귀밑으로 눈 밑으로 파고든다.

내가 할 수 있는 일은

오직 이 시간이 지나가길 바랄 뿐

이 시간이 지나면

거짓말 같은 평온이 찾아오고

그리고

언제나처럼

너는 언제나 그 자리에 서 있다.

아! 그대는

저 편두통 속에서
더 빛난다.